U0108410

慌失失捉鬼團 ②

在生日消失
的男孩

羅熊氏 著 ｜ 車車 繪 ｜ 何莉莉 譯

慌失失捉鬼團2

在生日消失的男孩

作　　者：羅熊氏（라곰씨）
繪　　圖：車車（차차）
翻　　譯：何莉莉
責任編輯：林沛暘、陳奕祺
美術設計：陳雅琳、劉麗萍
出　　版：新雅文化事業有限公司
　　　　　香港英皇道 499 號北角工業大廈 18 樓
　　　　　電話：（852）2138 7998
　　　　　傳真：（852）2597 4003
　　　　　網址：http://www.sunya.com.hk
　　　　　電郵：marketing@sunya.com.hk
發　　行：香港聯合書刊物流有限公司
　　　　　香港荃灣德士古道220-248號荃灣工業中心16樓
　　　　　電話：（852）2150 2100
　　　　　傳真：（852）2407 3062
　　　　　電郵：info@suplogistics.com.hk
印　　刷：中華商務彩色印刷有限公司
　　　　　香港新界大埔汀麗路 36 號
版　　次：二〇二三年十二月初版

ISBN: 978-962-08-8288-3
기괴하고 요상한 귀신딱지2 © 2019 by LAIKAMI
All rights reserved
First published in Korea in 2019 by LAIKAMI
This translation rights arranged with LAIKAMI
Through Shinwon Agency Co., Seoul
Traditional Chinese Edition © 2020, 2023 by Sun Ya Publications (HK) Ltd.
18/F, North Point Industrial Building, 499 King's Road, Hong Kong
Published in Hong Kong SAR, China
Printed in China

慌失失捉鬼團 **2**

在生日消失的男孩

羅熊氏 著 ｜ 車車 繪 ｜ 何莉莉 譯

新雅文化事業有限公司
www.sunya.com.hk

角色介紹

古仔

一位能看見鬼魂的少年，他巨大的左邊鼻孔可以嗅到鬼魂的氣味。他通過「鬼符文具屋」，從1980年代穿越到現在。

羅鳥冬

一位膽小的少年，非常非常怕鬼。他聽信文具屋大叔的話，一直努力收集惡鬼符咒，以解除看到鬼魂的詛咒。

蛋蛋鬼

一隻因為煮得太久而遺憾地死去的雞蛋鬼魂，他在捉鬼團中擔當重要的情報員。

文具屋大叔

在過去50年間，他表面上是「鬼符文具屋」的老闆，實際上卻是負責捉鬼的人間守護天使──木偶。他最近迷上了女團「粉紅少女」，以致無心工作。

金先生

開心雜貨舖的老闆，他跟「鬼符文具屋」老闆是一對歡喜冤家，更是永遠的死對頭。

伍草兒

羅烏冬暗戀的獨特少女，她是女團「粉紅少女」的狂熱粉絲。

照鏡惹的禍

「今天是我的生日……」少年說。

「啊，有客人來了，待會再說吧！」

電話匆匆掛線，少年馬上露出不悅的表情。

就在這時，洗手間的燈突然熄滅，黑暗中傳來一陣歌聲。

祝你生日快樂 ♫ 祝你生日快樂 ♫

「哎呀，誰啊？是生日驚喜嗎？」

少年笑嘻嘻地抬起了頭。

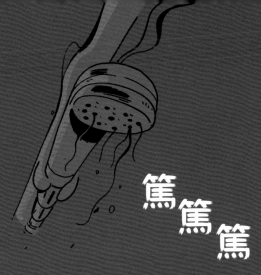

篤篤篤

「啊！救命⋯⋯」

少年嚇得一直向後退。

不要害怕，我是你的朋友啊。

「朋⋯⋯朋友？」

沒錯，我絕對不會讓你感到孤單的。

鏡中的男孩帶着開朗的笑容，一點一點地靠近少年，最後把一個生日蛋糕捧到鏡子外面。

來，是時候吹蠟燭啦。

少年在心裏默默許願，然後嘟起嘴巴，把蠟燭吹滅了。

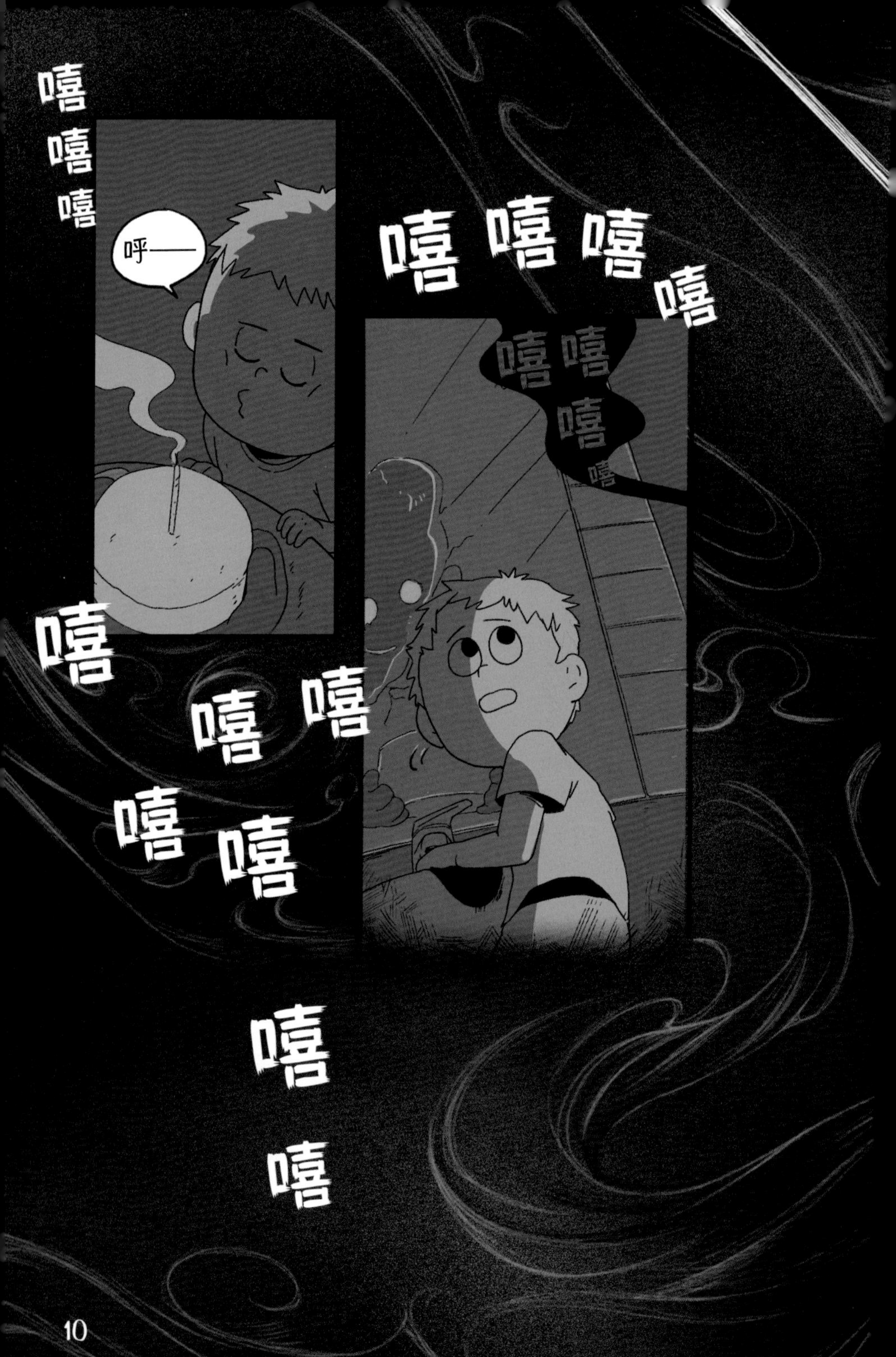
嘻嘻嘻
呼——
嘻嘻嘻嘻
嘻嘻嘻嘻
嘻
嘻
嘻
嘻
嘻
嘻
嘻

吞噬

「嘩啊啊啊！」

　一陣短暫的慘叫聲過後，少年便消失得無影

無蹤。

奇怪的鬼魂

　　歷經了33年，從前的「開心雜貨舖」現在已改稱「開心便利店」，而這裏的老闆金先生，也變成了金爺爺。

　　金爺爺在鬼符文具屋前徘徊了好一陣子，還自言自語道：「那個孩子怎麼長得……這麼眼熟呢？」

　　他小心翼翼地把頭探進文具屋裏，問：「有人在嗎？」

　　可是，文具屋裏一片寂靜。

「沒有人嗎？」

確定文具屋內空無一人後，金爺爺便閃閃縮縮地竄了進去。他躡手躡腳地走着，生怕別人發現他的蹤影。

鬼祟

那我就不客氣啦。

金爺爺快速環視了文具屋一圈，最後他將目光停留在收銀櫃枱後面的房門。

「那是什麼房間呢？是倉庫嗎？」

金爺爺咽了咽口水，戰戰兢兢地轉動門把。

金爺爺猛地回頭，這才發現一個吃着波板糖的男孩，不知什麼時候出現在他身後。

「難道你就是以前失蹤的……」

突然——

文具屋大叔盛勢凌人地走近金爺爺。

「你來這裏做什麼？」

「我……我為什麼不可以來這裏？哼！」說罷，金爺爺便怒氣沖沖地跑了出去。

「我四處打聽過了，你只有一次機會能回到過去。」

「一次？」古仔問。

「沒錯。你必須從當年進入暗房那天開始算起，剛好在每年的同一天、同一時間，甚至同一分、同一秒再次回去那個房間才行。」

「如果我沒有在那個時候進去呢？」

「那就完蛋了。」

「為什麼會完蛋？明年同一時間再進去就可以啦。」

「沒有下一次。因為⋯⋯」文具屋大叔一邊摸着兩撇鬍鬚，一邊凝視古仔，「在這一年內，你的身體會漸漸變成鬼。」

從古仔手中飛出去的棒棒糖，不偏不倚剛好掉落在文具屋大叔的額頭上。

「哼！」

大叔氣得全身發抖，大聲呼喝道：

古……仔……啊啊啊！

　　為了躲避文具屋大叔，古仔和烏多圍着鬼符
文具屋亂跑亂跳。

　　「你們這兩個傢伙，別讓我捉到你們！不
然⋯⋯」追着追着，文具屋大叔竟不小心撞到了某
個人。

　　「哎呀！」

大叔抬頭一看，看見面前站着一位警員。

「啊！對不起。」

「沒事，沒事，是我不好，剛好擋在你前面。」那警員大方地道歉後，繼續向開心小學的方向走去。

發生什麼事？
為什麼有這麼多
警員巡查？

烏冬用手捂着嘴巴，壓低聲量說：「有傳聞說我們學校的學生中了『詛咒』。」

「詛咒？呵，好了！廢話少說，快點回家去。唉，真的煩死了！」文具屋大叔抓住烏冬的後頭，把他往前推。

可是烏冬冤枉地大叫：「這是真的！我們學校的學生只要一到生日，就會消失不見！」

這時，大叔突然表情一凜，變得認真起來，問：「你剛才說什麼？」

烏冬搔搔頭，不明所以地回應：「什麼？」

「你說那些學生一到生日就會消失？」大叔追問。

「對……」

　　「難道⋯⋯是那傢伙？」蛋蛋鬼思量着。

　　文具屋大叔若有所思地點了點頭，說道：

「嗯，我也覺得是。」

「什⋯⋯什麼？你們說的是什麼？」一直盯着文具屋大叔的烏多結結巴巴地問道。

　　大叔翹起一邊嘴角，笑着說：「還能是什麼，當然是惡鬼啦。」

　　「惡鬼！」一聽到有惡鬼，古仔和烏多立刻抖擻精神。

　　「沒錯，有一隻惡鬼每逢人們生日就會出現。你們先進來吧，我們到裏面才說。」

　　古仔和烏多跟隨着大叔，一起返回鬼符文具屋。

生日的搗蛋鬼

「這是什麼？蟑螂嗎？」古仔猜測道。

「什麼蟑螂呀？」文具屋大叔勃然大怒，喊道，「這是專挑人們在生日時出現的惡鬼——毛毛鬼。」

「怎麼看都像蟑螂……」古仔嘀咕，換來大叔的一記白眼。

文具屋大叔繼續說：「毛毛鬼在惡鬼界可算十分『貪吃』。」

　　「貪吃？什……什麼……意思？」烏多怯生生地問。

　　蛋蛋鬼回答：「『貪吃』就是怎麼吃都吃不飽。無論給它多少食物，肚子仍然會餓。」

　　文具屋大叔漫不經心地撓了撓頭，說：「那倒不會。毛毛鬼只會搶走人類的食物，尤其是生日蛋糕，它特別喜歡吃。」

　　他指着烏多續道：「你剛才說的那個『生日詛咒』，恐怕跟它有關係。但是有一點比較奇怪……」

　　「奇怪？」烏多緊張地咽了咽口水，等待大叔說下去。

「我說的是孩子消失的事。」

文具屋大叔用意味深長的眼神注視着烏冬和古仔，可惜二人不太明白大叔的意思。

「那有什麼好奇怪？它是惡鬼，當然會做傷害人類的事情啦。」古仔說。

文具屋大叔搖了搖頭。

「不，不是所有惡鬼都一樣的。雖然毛毛鬼是惡鬼，但不會傷害人類。它只會一次又一次來偷走你的食物，讓你煩躁而已。真奇怪，孩子到底為什麼會消失呢……」

「點心？我也想吃點心！給我點心！」古仔猛然轉身，向蛋蛋鬼撲了過來。

　　「咦咦！」蛋蛋鬼好不容易轉過身躲開他，「你怎麼了？我差點因為你，連蛋黃也爆出來了！」

　　「什麼嘛，不是有點心嗎……」古仔嘟起嘴巴說。

　　「當惡鬼進入人類體內，就可以像操控玩具一樣，隨心所欲地控制那人如何活動。」

　　「好可怕！」這番話把烏多嚇得不斷發抖，「難道⋯⋯我們學校消失的同學都⋯⋯」

文具屋大叔說道：「沒錯，他們很有可能被毛毛鬼附身了。」

烏多抬起頭，擔憂地看着大叔，問：「那現在怎麼辦？」

「我們要盡快找到那些被附身的孩子，附身的時間越長，就越難驅趕附在他們身上的惡鬼。」

　　「不是說惡鬼會在人們生日時出現嗎？」古
仔輕描淡寫地說。

　　接着，文具屋大叔用力拍一下膝蓋，一副醒
悟過來的樣子說道：「沒錯！毛毛鬼會在人們生日
那天出現，我們只要找到在這幾天生日的人就可以
啦。古仔，你真的是天才啊！」

　　烏多隨即舉手發問：「但我們不知道有誰即
將生日，要怎樣才找到啊？」

文具屋大叔胸有成竹地笑了一聲，然後打開他的手提電腦。

　　「實不相瞞，我曾經是叱咤一時的駭客。生日日期這些小情報有什麼難度，我只要入侵『無間地獄網站』，馬上就可以找到。」

　　「什麼？不可以！如果死神知道了，你肯定會遭到懲罰的……」蛋蛋鬼的話還沒說完，文具屋大叔已經施展熟練的手法，成功入侵了「無間地獄網站」。

　　「找到了！今天正好有人生日，但……」

深夜的生日會

「我們真的……真的要去嗎？」烏多哭喪着臉問。

「當然是真的去啊！還有假的嗎？你們兩個又可以出動了。」文具屋大叔一臉輕鬆地說。

古仔蹙起眉，質疑道：「你為什麼不跟我們一起去？」

大叔木無表情，把臉靠近古仔說：「你問我為什麼不跟你們一起去？那是因為……」

「因為我要顧店啊！」說罷，大叔給二人戴上生日帽，還調皮地扯了扯古仔那頂生日帽的橡皮筋。橡皮筋狠狠地彈向古仔下巴，令他痛得失聲尖叫：「啊！痛！好……痛啊！」

　　這時，烏多好像想到了什麼：「嗯，開生日會的話，怎麼可以沒有生日蛋糕呢？」

　　於是大叔隨意把剛吃了一口的巧克力批丟給古仔。

快去！馬上過去！

哼……

　　文具屋大叔把古仔和烏多連推帶送的趕了出去。

　　「嗚嗚，我真的不想去。」

　　當古仔還在埋怨的時候，蛋蛋鬼卻跟他說：「其實木偶是因為某些原因而不能離開鬼符文具屋。」

　　古仔回應：「不能離開？為什麼？」

　　蛋蛋鬼目不轉睛地盯着古仔，道：「對不起，這個秘密目前還不能說。」

「附近住了這麼多人，為什麼偏偏只有金爺爺今天生日……」烏多咕噥着。

古仔突然用力抓住烏多的手臂，把他拉到幽暗的角落，告誡他：「小聲一點，這樣會被人發現的。」

這時，便利店的招牌燈箱開始陸續關掉。

「咦？關燈了？」

「什麼？怎麼辦？便利店好像要休息了。」

二人馬上慌張起來，只有蛋蛋鬼仍然保持冷靜，說：「還能怎麼辦！當然是趕緊按計劃行動啊！」

話一說完，便利店內最後的燈光剛好「啪」一聲熄滅了。

「還在猶豫什麼？快進去，快點！」

古仔和烏多受不了蛋蛋鬼不斷催促，終於走了進去。

　　金爺爺大聲地問，卻沒有人回應，在他眼前只有一片黑暗而已。金爺爺認為一定是小偷溜進來了，於是悄悄把一旁的掃帚握在手中。

　　「祝你生日快樂♬祝你生日快樂♬」

　　黑暗之中，傳來了古仔和烏多的歌聲。

「祝……隨便吧，生日快樂♫」

古仔和烏多隨隨便便地唱完生日歌，連簡單的歌詞也唱錯了，看來是真的很不願意給金爺爺慶祝生日。

古仔舉起插着蠟燭的半個巧克力批，尷尬地笑說：「哈哈，快點吹蠟燭，許願吧！」

金爺爺輕輕閉上了眼睛，說：「你們……」

「嘩啊啊啊啊啊啊！」

「出現了？救命啊啊啊啊！」

古仔和烏多一看到毛毛鬼，便尖叫着亂作一團。看不見鬼魂的金爺爺不明所以地東張西望，對他們的舉動茫無頭緒。

金爺爺問：「什……什麼？你們怎麼了？」

蛋蛋鬼對着古仔和烏多喝道：「你們兩個，冷靜點聽我說！」

古仔和烏多哪裏聽得進去，只是不停亂蹦亂跳又亂叫。

「啊！我不管！我不管！什麼惡鬼符咒，什麼收集鬼魂，我放棄了！」

嘭！

置物架上的物件突然掉在金爺爺頭上，他就這樣直直地暈倒了。

蛋蛋鬼說：「你們再猶豫不決的話，惡鬼就會走掉！烏多，快把木偶給你的東西拿出來！」

　　「咦⋯⋯啊⋯⋯知道了！」烏多一邊哭，一邊手忙腳亂地從口袋裏拿出某件物品──舊式即用即棄相機。

　　「什麼嘛！只是一部玩具相機？」

　　「這不是玩具，是可以讓鬼魂動彈不得的相機。」

登～～登

立即把毛毛鬼拍下來。
快！

烏冬抬頭一看，在黑暗中隱約可以看到毛毛鬼的背影。它低着頭，正一口一口地吃着巧克力批。

　　「啊……嗚……」烏冬全身發抖，面向毛毛鬼舉起相機。

　　咔嚓！

　　沒想到機警的毛毛鬼行動敏捷，不僅避開了相機的鏡頭，還開始四處彈跳閃躲。

古仔挺身而出，一把搶過烏多手上的相機。

「你要撥動這個輪子才能轉菲林，拍下一張！」

他快速調整好即用即棄相機的菲林，再次向着毛毛鬼舉起相機。

古仔一臉得意，囂張地笑了一聲。

「古仔，快點用惡鬼符咒封印它！」蛋蛋鬼催促着。

這時，毛毛鬼雙唇顫動，像機關槍發射子彈一樣急促地說起話來。

等，等，等一下！請饒我一命啊！要我做什麼都可以！求求你們不要把我困在鬼符裏！好嗎？

蛋蛋鬼叉着軟綿綿的腰，開始責罵毛毛鬼：
「你這個厚臉皮的傢伙竟敢求饒？」
　　「就是嘛！你居然獨自把巧克力批吃掉！」
　　「……」蛋蛋鬼看着古仔，無言以對。

啊⋯⋯你們是在尋找那個生日的男孩嗎？不是我做的，是其他惡鬼做的好事，真的不是我！

古仔動了動鼻孔，問道：「你說的惡鬼是誰？」

它⋯⋯它的名字叫什麼呢？

「說不出來？你肯定是說謊。我的惡鬼符咒在哪裏？開啟吧，惡鬼符——」

毛毛鬼害怕得從頭到腳都在顫抖，它急忙大喊：

亡⋯⋯亡良惡鬼！

「什麼？」

那隻惡鬼的名字是「亡良惡鬼」。

蛋蛋鬼的表情驟然嚴肅起來，說：「孩子們，先把它帶回鬼符文具屋吧。情況有變，得先跟木偶商量一下。」

毛毛鬼全身僵硬，古仔和烏冬一人扶着一邊，把它帶回了鬼符文具屋。

「哎喲喲？這算是什麼情況啊？」

一直在文具屋外等着的大叔看到他們，笑得上氣不接下氣。毛毛鬼則沒那麼輕鬆，它嚇得瑟瑟發抖。

咦咦？

　　大叔問：「為什麼不用惡鬼符咒收服它，反而把它帶回來？」

　　蛋蛋鬼回答：「因為它說自己是冤枉的，捉走那些學生的是亡良惡鬼。」

　　「嗯……是嗎？」大叔用銳利的目光緊緊盯着毛毛鬼，續道，「你應該知道對我說謊會有什麼下場吧？」

　　當……當然知道，非常清楚。

文具屋大叔用手指點了點毛毛鬼的頭，身體本來硬如石頭的它瞬間便恢復過來。

　　呼，謝謝你！謝謝你啊，木偶大人！

　　毛毛鬼趴在地上，給文具屋大叔行了個大禮。大叔抱着雙臂，毫不在意地說道：「行了，快老老實實地交代這是怎麼回事吧。」

　　啊，好的。話說昨天的情況是……

祝你生日快樂♪　祝你生日快樂♪

啊！是這首歌？

要開鑿了！

偷吃鬼！

眾人一踏入暗房，文具屋大叔馬上打開《百鬼全書》查找「亡良惡鬼」的資料。

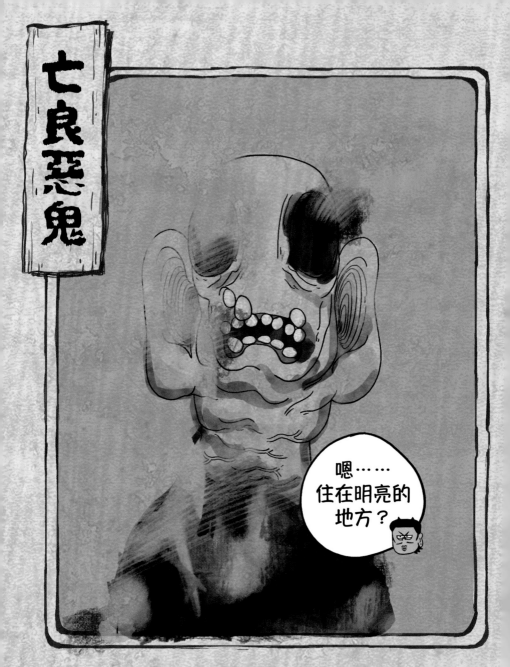

亡良惡鬼

1. 住在明亮的地方。
2. 最貪戀人類的身體。

可是古仔和烏多只顧着爭吵，根本沒有聽到文具屋大叔的話。

烏多煩躁地說：「喂，古仔！我叫你停下來！」

古仔果斷拒絕：「我不要！你自己也想玩才這麼說吧？」

文具屋大叔氣得漲紅了臉，罵道：「你們兩個能不能給我安靜點？」 就在他回頭去看二人的那一瞬間，古仔射出去的箭竟衝着大叔直飛過去。

文具屋大叔一言不發，只是動了動手指，示意古仔和烏冬過來。他們嚇了一跳，踏着凌亂的腳步走向大叔。

　　大叔終於開口說話：「古仔，烏冬……」

　　二人緊張得睜着圓圓的眼睛，準備接受教訓。

　　大叔卻心平氣和地說：「從現在開始，你們呢……要跟毛毛鬼一起把亡良惡鬼捉回來，知道了嗎？」

「當然要去，你是唯一見過亡良惡鬼的目擊者啊。如果你想洗脫罪名，就要幫他們捉到惡鬼！」

毛毛鬼一下子跪倒在地，搓着雙手懇求文具屋大叔。

「你不想去？那就要把你封印起來。」

文具屋大叔拿出惡鬼符咒，威脅毛毛鬼。

「開啟吧，惡鬼符咒！」

符咒中央隨即打開來，射出一道耀眼的藍色光芒。

嗚哦哦哦！

站在一旁的古仔和烏冬也不由得屏住呼吸，訝異地望着大叔。

毛毛鬼掙扎了一會兒，終於緊握起拳頭，似乎是下定了決心。

與其這樣，還不如困在鬼符裏！

說罷，毛毛鬼便「嗖」的一聲竄到惡鬼符咒裏去。

　　蛋蛋鬼態度嚴肅地說：「像亡良惡鬼這種貪戀人類身體的惡鬼，它的目的就是讓世界陷入一片混亂。所以——」

　　文具屋大叔打斷蛋蛋鬼的話：「在找到滿意的身體來附身前，它會不擇手段地搶走數十、數百，甚至是數千個軀體，但是……」

說到這裏，大叔一把抓住古仔的肩膀，問：「你想去哪裏？」

　　原來古仔打算偷偷逃出暗房！

　　古仔笑說：「嘻嘻嘻，我這次想退出，反正還有烏多嘛，呵呵。」

　　烏多連忙插嘴道：「喂！我也不想去啊！怕怕！」

　　大叔深深地點頭，表示贊同：「是啊，像你們這種膽小鬼肯定很害怕吧？」

「你們不去捉它的話，以後會有更多人犧牲。開心便利店的金爺爺也是，等着古仔回去的父母也是，還有……」文具屋大叔轉過頭望向烏冬，「還有你暗戀的伍草兒也會白白犧牲掉！」

　　「草……草兒？草兒，不可以！」烏冬拿起《百鬼全書》高聲呼喊。

「等等，那亡良惡鬼在哪裏呢？」

「唉，就是啊，唯一的目擊者都不在……」
文具屋大叔再次翻開烏多高舉着的《百鬼全書》仔
細查看。

砰嘭！

外面突然傳來一陣巨大的聲響，好像有什麼
東西爆炸開來。

「這是什麼聲音啊？」

眾人走到外面一看，發現夜空中綻放着五光
十色的煙花。

咦？你說「照亮了」？難道……

煙花把整個城市都照亮了。

嘩！好漂亮啊！

文具屋大叔恍然大悟，他瞪大眼睛說：「沒錯，火！原來是火啊！」

烏多抬高鼻子說：「咦？煙花本來就是火啊，你不會不知道吧？」就連古仔也難以置信地望着大叔。

「不，我是說亡良惡鬼！『住在明亮的地方』這句話的意思或許是它出現在火光裏，所以捉走孩子的時候需要點蠟燭！」

「啊……」大叔好像又想到了什麼，激動地捧着古仔的臉龐問道：「那麼亡良惡鬼下一個出現的地方在哪裏？」

「不……不知道啊。」

「仔細想一想，既有很多那傢伙喜歡的『火』和『人』，又適合躲藏在黑暗中的會是什麼地方？」

煙花大會在碧水川附近舉行，溪上漂浮着各種各樣的花燈，來觀賞的人全都裝扮成鬼怪模樣，愉快地在溪邊四處遊覽。

「為什麼大家都穿成這樣啊？」蛋蛋鬼吃驚地問道。

73

「嗯，在萬聖節那天，大家都會裝扮成妖魔鬼怪，還會舉行盛大的煙花大會呢。」

蛋蛋鬼的神色凝重起來，說：「不好了！如果大家都裝扮成妖魔鬼怪，不是很難分辨出誰才是真正的惡鬼嗎⋯⋯」

可是，捉鬼團才不會因為這種事而放棄！

蛋蛋鬼繼續說：「無論如何，我們趕快行動吧。在亡良惡鬼搶走更多人的身體之前，一定要把它捉住──咦，古仔去了哪裏？」

「什麼？古仔不見了？」烏多焦急地四處張望。

　　蛋蛋鬼夾在古仔和烏多之間，極力勸阻他們：「現在不是吵架的時候啊！我們要儘快找到被亡良惡鬼附身的人才行。」

　　古仔嚼了嚼嘴裏的雞肉串，再咕嘟一聲吞下去，然後問道：「不過，我們怎麼知道誰被附身了呢？」

被附身的人會有這幾個特徵。

咳咳

蛋蛋鬼解釋：「首先，他們的眼神會變得迷離，還會自言自語。而且，他們沒有影子……」

「眼神迷離，自言自語？」烏多說着輕輕睃了古仔一眼，「古仔，你不就是這樣子嗎？」

「你說什麼？」古仔生氣地說。

蛋蛋鬼只好再次勸阻他們：「好了，好了！現在先找出被亡良惡鬼附身的人吧。」

「知道了，但是……」

77

「依我看，分頭找可能會快一些，我跟烏冬一組……」蛋蛋鬼說到一半，卻被古仔一把抓住，逃奔而去。

　　「我一定會早你一步找到亡良惡鬼的！嘻嘻！」古仔吐吐舌頭擺個鬼臉後，便一陣風似的消失在人羣之中。

「什……什麼呀？」

烏多還來不及思考就給丟下來了，他的內心忐忑不安，卻說不出半句話來，只是不知所措地站着。半晌，他才回過神來。

「真……真是的，以為我這麼好欺負嗎？」

說罷，他便慌慌張張地朝相反方向跑去。

跟烏冬分開一會兒後，古仔氣喘吁吁地停下腳步休息。

「我一定不會輸給烏冬的！因為……我有這個鼻孔！」

「哎呀，太多氣味混雜在一起，很難嗅到惡鬼的氣味啊。」古仔抱怨。

蛋蛋鬼緩緩地搖了搖頭，道：「人海茫茫，這樣找簡直是白費心機……」

這時，人羣中突然有人伸手抓住古仔的手臂。

「啊！」

轉頭一看，眼前的人竟然是伍草兒。

另一邊廂，烏多在人潮中穿梭，到處尋找被亡良惡鬼附身的人。

　　「唉，真頭痛。亡良惡鬼真的會藏在這裏嗎？」

　　走着走着，烏多不小心撞到了某個人。烏多嚇了一跳，頭也不敢抬，只顧彎腰道歉：「對不起！我一直在思考，沒注意到……」

烏冬盯着這個戴面具的小男孩，問：「你是誰啊？你認識我嗎？」

小男孩點了點頭。

烏冬尷尬地說：「什麼嘛，到底是誰？榮仔？肥東？」

小男孩似乎覺得很有趣，笑嘻嘻地細語道：「草兒。」

「草兒……伍草兒？難道你是草兒的弟弟？」烏冬猜測着。

小男孩靜靜地舉起手指，指着某個地方。

嘿嘿嘿

怒火中燒！

討厭的古……
仔……

　　「要我幫你嗎？」聽到孩子的話後，烏多瞪
大了眼睛。

　　「幫我？幫什麼？」

　　「……」小男孩一聲不響。

　　「喂，為什麼不回答？」烏多心急得跺着
腳，追問他，「你的意思是……要幫我追到草兒
嗎？是嗎？」

　　戴面具的小男孩點了點頭。

光是想想
已面紅……

烏多激動地問：「怎麼幫？你打算怎樣幫我？」

小男孩沒說話，只是轉過頭指着碧水川旁邊的山坡，那裏有一間名叫「草兒理髮店」的店舖。

「咦？原來草兒家是開理髮店的？只要我進去那裏等着，就可以了嗎？」

戴面具的小男孩再次點頭，然後自顧自往前走去，像是在叫烏多跟着他走。

　　蛋蛋鬼驚訝地問道：「你嗅到惡鬼的氣味了？」

　　「嗯，氣味非常強烈。亡良惡鬼一定就在附近，在哪裏呢？」

　　古仔動動鼻子，沿着傳來氣味的方向走。突然，蛋蛋鬼緊張地指着山坡喊道：「那個戴白色面具的小男孩就是亡良惡鬼！他沒有影子，一定是被附身了！」

燈光之下，果然所有人都有影子，唯獨那個小男孩沒有。古仔高呼：「真的沒有影子呢！」

　　「不好了！烏冬好像怪怪的，恐怕是被亡良惡鬼迷惑了。」

我不會輸給羅烏冬的。

跑跑跑

不是輸贏的問題吧！

咦？他們向着我家的理髮店走呢。

恐怖理髮店

　　理髮店內漆黑一片，彷彿隨時會有什麼跳出來似的。

　　烏多努力壓制着內心的恐懼說：「這裏也太……太黑了吧？什麼都看不見呢，呵呵。」

　　「啪」的一聲，掛在鏡子上的燈泡亮了起來。

　　「咦，怎麼突然開燈了呢？」

「別……別開玩笑了……」

烏多震顫着說，可是沒有人回應。

「喂，你是故意要嚇我嗎？」

周遭依然寂靜無聲。

就在烏多的眼淚快要奪眶而出之際，鏡子上的燈泡開始閃爍。

「什麼呀？你在那邊嗎？」

烏多朝着那忽明忽暗的燈泡走過去。

93

這時，古仔一腳踢開理髮店的門，闖了進來。

找到了啦！

烏冬？

晚了一步。

蛋蛋鬼心知不妙，於是快速環視周圍一圈。他思索了一會，立即明白過來：「嗯，看來不是『火』，而是『鏡子』……」

　　「咦？鏡子？」古仔沒有聽明白，傻乎乎地問。

　　蛋蛋鬼指着牆上的鏡子說：「《百鬼全書》中提及那『明亮的地方』並不是指『火』，而是『鏡子』啊！」

　　「什……什麼？那麼亡良惡鬼就藏在這些鏡子裏？」

　　蛋蛋鬼接着說：「不是，亡良惡鬼呢……」

已經在鏡子外了。

隱藏的武器

「他把鏡子全都打碎了！」

蛋蛋鬼終於搞清楚來龍去脈，看來亡良惡鬼已經找到最適合的身體，以後再也不需要借助鏡子來移動。

古仔連忙拿起放在一旁的掃帚和垃圾鏟，吶喊：「我來對付他吧！」

「你？不行，不行！眼前這個已經不是我們認識的羅烏多了，他被亡良惡鬼附身了啊！」

蛋蛋鬼擔憂地告誡古仔，古仔卻以一副不以為然的樣子挖着鼻孔，說：「呼，放馬過來吧，不就是羅烏多嘛！」

古仔將掃帚和垃圾鏟當作槍和盾牌，高舉着這兩件「武器」，毫不猶豫地衝過去！

衝啊！

嘻嘻！

嗒嗒嗒

亡良惡鬼的力量似是源源不絕地湧出來，它打倒古仔後，還開始在理髮店內大肆破壞。

　　「天啊⋯⋯」

　　蛋蛋鬼給那強大的力量震懾住，一時無計可施，良久才回過神來，說：「古仔！木偶給你們的東西在哪裏？」

　　古仔戰戰兢兢地舉起手指，道：「在⋯⋯你旁邊。」

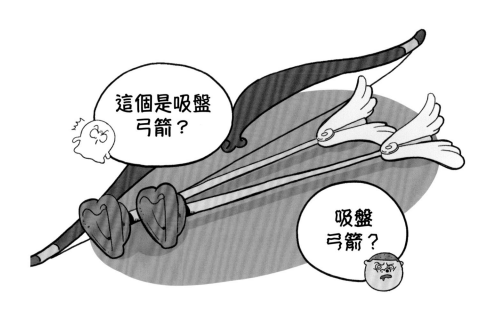

蛋蛋鬼慌張地翻找書包，問：「只有這個工具嗎？你有沒有帶錯書包啊？」

　　古仔堅定地回答：「沒有！文具屋大叔明明說帶藍色的書包──咦，這是紅色的？」

這書包為何還在這裏？

　　「呼！你知道這是什麼嗎？這不是一般的吸盤弓箭啊……」

　　「不管了，反正都是弓箭呀，先用上再說吧！」

　　古仔抖擻精神，衝過去撿起弓箭。

蛋蛋鬼怒吼：「古仔！你到底在做什麼？」

古仔慌慌張張地解釋：「不……我明明有瞄準的啊……這個弓箭有點奇怪！真的能夠吸住嗎？」

他說着便把另一枝箭吸在自己頭上。

意想不到的事情發生了！

古仔性情大變，熱情地撲向蛋蛋鬼。

蛋蛋鬼用盡全身力氣掙脫古仔的擁抱，再將他頭上的箭拔出來。古仔立即從迷戀的狀態中恢復過來，問：「咦？剛剛發生了什麼事？」

　　「再遲一步，我就要跟你親吻了！嘔……早說了這不是普通的玩具，這是可以讓人墮入愛河的邱比特弓箭啊！」

　　「什麼？文具屋大叔怎麼會收藏這些奇奇怪怪的東西？」

　　當他們還在交談時，有些黑色的東西悄悄纏上了古仔的身體。

原來那是亡良惡鬼的頭髮！

「呼……呼吸不了……」那些頭髮像繩子一樣，緊緊纏繞着古仔，他只能勉強擠出聲音。

蛋蛋鬼心急如焚，卻不知如何是好。

「完蛋了……除非能夠將亡良惡鬼從烏多體內趕出來。但單憑我們，怎麼可能做到？嗚嗚嗚……」

「怎……怎樣才能把他趕出來……」古仔痛苦地問。

蛋蛋鬼無能為力地說道：「必須由烏多在乎的人來喚醒他……」

「烏多在乎的人？那什麼人──」亡良惡鬼把古仔纏得更緊，「啊！」

呵呵……準備受死吧。

叮鈴鈴！沒想到有人推開理髮店的門，從外面走進來。

　　進來的人正是理髮店老闆的女兒——伍草兒。

　　草兒打量着亂七八糟的理髮店，無意間與被附身的烏冬對上了視線。她脫口而出道：「羅⋯⋯烏冬？」

　　就在這一瞬間，烏冬安靜下來，本來纏繞着古仔的頭髮也漸漸鬆開。

古仔望着剩下的最後一枝箭，說道：「沒有其他辦法了……」

　　接着，他用濕漉漉的眼睛望着蛋蛋鬼，彷彿在說遺言：「以後的事情就拜託你了。」

　　「什麼？為什麼？你想做什麼？」

　　古仔不顧蛋蛋鬼的阻撓，飛奔向前。

噠噠噠

承受我的正義之箭吧！

115

　　亡良惡鬼抵受不住烏多對草兒那份熱烈的
愛，被逼離開了他的身體。

　　蛋蛋鬼向着古仔大叫：「古仔，趁現在！」

蛋蛋鬼難以置信地為古仔鼓掌，問：「你怎麼想到這個辦法的？」

　　古仔挖着鼻孔轉頭說：「沒什麼大不了，因為烏多在乎的人就只有一個。」

「一百個太多了！」古仔抱怨道。

文具屋大叔鼓勵他說：「世上無難事，只怕有心人，以後你們要更加努力捉惡鬼啊！」

「不是吧⋯⋯」古仔的表情變得越來越沮喪。

「可是，為什麼沒看見烏冬？你們吵架了嗎？」大叔轉移了話題。

烏冬彷彿在回應大叔的疑問般，昂首挺胸、精神奕奕地從遠處邁步走來。

　　烏多無視古仔的話，握緊兩手放在胸前，凝望着遠方說：「大叔，我決定了！」

　　「決定什麼？」文具屋大叔問。

　　烏多自信滿滿地轉了一圈，高聲呼喊：「我要正式向草兒表白♡。」

　　獨個兒坐在一旁的文具屋大叔憂心忡忡地注視着存放鬼符的寶盒，喃喃自語道：「嗯……好像還缺了些什麼。」

　　蛋蛋鬼似乎察覺到不妥，便飄到大叔身邊。

　　「怎麼了？有什麼不對勁嗎？」

文具屋大叔想了想，然後匆匆關上寶盒。

大叔悄悄返回文具屋，把鬼符寶盒藏在一個
誰都不知道的秘密地方。

他暗忖：「以防萬一，要小心點才行。」

與此同時，負責收集鬼符的地獄使者正蹲在文具屋外的電燈柱上，默默地監視着這一切。